# Thomas et ses amis

Thomas the Tank Engine & Friends™
CRÉÉ PAR BRITT ALLCROFT
D'après The Railway Series du Révérend W. Awdry.
© 2008 Gullane (Thomas) Limited.
Thomas the Tank Engine & Friends sont des marques de commerce de Gullane (Thomas) Limited
Thomas the Tank Engine & Friend & Design est une marque déposée auprès du U.S. Pat. & Tm. Off

**2008 Produit et publié par : Éditions Phidal inc.**
5740, rue Ferrier, Montréal (Québec) Canada H4P 1M7
Tous droits réservés
**www.phidal.com**
Traduction : Julie-Jeanne Roy

Imprimé en Malaisie

Nous reconnaissons l'aide financière du gouvernement du Canada par l'entremise du PADIÉ pour nos activités d'édition.
Phidal bénéficie de l'appui financier de la Société de développement des entreprises culturelles (SODEC).

# •Thomas, la locomotive vraiment utile•

**P**endant la nuit, un terrible orage s'était abattu sur l'île Chicalor. La tempête avait causé des dégâts importants partout sur l'île.

Sir Topham Hatt arriva à la gare de Tidmouth. « La tempête a provoqué de la confusion et du retard, s'exclama-t-il. Alors vous devrez tous être des locomotives vraiment utiles. »

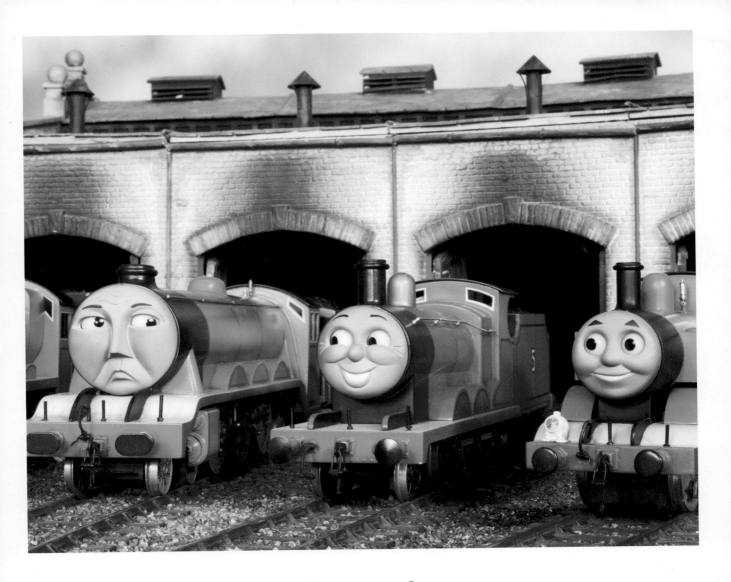

« Je serai la locomotive la plus utile, se vanta James.

— Non, ce sera moi, riposta Gordon. Je suis le plus rapide. »

Thomas espérait terminer sa livraison spéciale le plus vite possible.
Il voulait faire le plus grand nombre de voyages et être la locomotive
la plus utile de toutes.

Thomas fila jusqu'à la gare de Maron.
Le fermier Mac Coll l'attendait sur le quai.

« Mes œufs doivent arriver à destination
intacts, dit le fermier Mac Coll. Tu devras
donc rouler lentement. »

« Lentement », soupira Thomas. Il aurait
bien voulu terminer cette livraison au plus vite.

Thomas roulait avec précaution. Il croisa Gordon sur la voie ferrée.
Il avait l'air vraiment très heureux. Thomas se sentit vraiment très abattu.
Thomas arriva à la gare de la Pierre de Lune.
James était là.

« Combien de voyages as-tu faits ? demanda James à Thomas.

— C'est mon premier, répondit Thomas.

— Ha ! siffla James. J'en suis à mon troisième ! » Et il s'élança à toute vitesse hors de la gare.

Thomas roulait à travers la campagne, très, très lentement.

Il aperçut Toby sur une voie secondaire. Toby passait une journée formidable.

Thomas était triste. Il aurait plus que jamais voulu aller très vite.

« Même Toby a fait plus de voyages que moi, gémit-il. C'est injuste. Je suis sûr que je peux être à la fois rapide et prudent. »

Alors Thomas commença à accélérer.

Mais Thomas allait si vite qu'il oublia d'être prudent.

Le fermier Mac Coll était inquiet. « Ralentis, Thomas, cria-t-il. Tu vas casser mes œufs ! » Mais Thomas allait tellement vite qu'il n'entendait pas le fermier Mac Coll.

Thomas changea de voie. Cela causa une violente secousse. Les œufs s'entrechoquèrent.

« Arrête, Thomas ! hurla le fermier Mac Coll. Tu as cassé mes œufs ! »

Cette fois, Thomas l'entendit et il s'arrêta net.

Le fermier Mac Coll examina ses œufs. Heureusement, seuls quelques-uns étaient cassés.

Thomas avait maintenant compris
qu'il devait aller lentement. Alors il
se remit en marche doucement.

Il se dirigeait vers les quais de
Brendam quand il entendit tout à
coup un « tchou-tchou ! » impatient.

James était juste derrière lui.
Il poussait de forts coups de sifflet.

Mais Thomas savait qu'il ne pouvait
pas accélérer.

Alors il continua de rouler lentement.

Ce soir-là, Sir Topham Hatt avait l'air très satisfait.

Toutes les locomotives étaient très heureuses. Toutes, excepté Thomas. Il songeait encore aux œufs cassés.

« Je n'ai fait qu'un seul voyage, monsieur, dit-il tristement. Et j'ai cassé les œufs du fermier Mac Coll.

— Le fermier Mac Coll m'a donné ceux qui étaient cassés... et j'adore manger des omelettes au petit-déjeuner ! Thomas, tu es assurément une locomotive vraiment utile ! »

Thomas rayonna.

# Le nouvel itinéraire d'Emily

C'était l'été sur l'île Chicalor, et toutes les locomotives étaient très occupées. Elles allaient et venaient sur les voies ferrées, remorquant des wagons de marchandises et des trains de passagers.

Sir Topham Hatt vint voir Emily.
« Je vais créer de nouveaux itinéraires pour l'été, lui annonça-t-il. Emily, tu prendras la tête du train de l'usine de farine.
— Merci, monsieur », dit Emily, très contente.

« Tu es chanceuse, soupira James.
Moi, je dois faire le trajet du Loch Noir.
Il y a des rochers partout sur les rails.
Et puis, il y a le monstre du Loch Noir !

— Qu'est-ce que c'est, le monstre
du Loch Noir ?

— Ça, personne ne le sait, dit James.
Des silhouettes noires bougent dans l'eau,
puis soudain, elles disparaissent. »

Et James s'éloigna en vrombissant.

Emily était bien contente de ne pas
devoir aller au Loch Noir.

Au moulin, la farine avait été chargée dans des wagons. Emily fut attelée au train et elle s'élança vers la gare des Quatre-Vents.

Mais les Wagons énervants virent là une occasion de lui jouer un mauvais tour.

« Retenons-la ! Retenons-la ! » grincèrent-ils.

Emily tira aussi fort qu'elle put, mais les Wagons énervants la forcèrent à aller très lentement.

Emily livra la farine en retard.

Sir Topham Hatt était contrarié.

« Si tu es à nouveau en retard, je t'enverrai faire le trajet du Loch Noir à la place de James. »

Emily ne voulait pas faire le trajet du Loch Noir.

Le matin suivant, les Wagons énervants s'amusèrent encore une fois à ses dépens. « On y va ! » ricanèrent-ils. Mais ils n'étaient pas encore attelés comme il faut.

Alors Emily se mit rapidement en route.

Quand elle arriva à destination, le chef de gare hurla : « Mais tu n'as apporté que la moitié de la farine ! »

« Oh, non ! se dit Emily. Je ne veux pas avoir à faire le trajet du Loch Noir ! »

Quand elle arriva au moulin, les wagons étaient plus énervants que jamais. « Locomotive tardive ! » chantonnèrent-ils.

Cela fâcha Emily, qui les repoussa durement. Ils plongèrent dans la mare aux canards.

Emily était toute couverte de farine collante.

Ce soir-là, Sir Topham Hatt vint voir Emily.

« Emily, tu as provoqué de la confusion et du retard, gronda-t-il. Désormais, tu feras le trajet du Loch Noir. »

Emily était très malheureuse.

« Attends au moins d'avoir essayé, souffla Thomas. Le trajet du Loch Noir est peut-être agréable...

— Ça m'étonnerait, gémit Emily. Ça ne me semble pas du tout agréable ! »

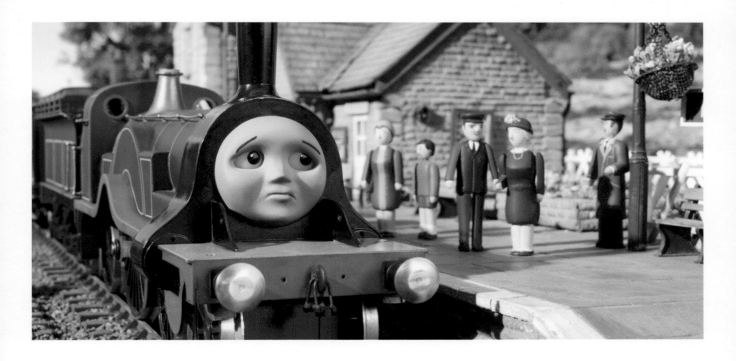

Le matin suivant, Emily roula tristement jusqu'à la gare
et un groupe de vacanciers montèrent à bord.

Peu de temps après, Emily filait à
toute allure.

Emily atteignit les eaux troubles
du Loch Noir.

Soudain des rochers dégringolèrent
sur les rails et bloquèrent la voie.

Tout à coup, elle vit une forme
mystérieuse se déplacer dans l'eau.

« Oh, non ! Voilà maintenant le
monstre qui arrive ! » haleta-t-elle.
Elle était terrifiée.

Puis quelque chose émergea de l'eau sombre, et Emily put enfin voir ce qu'était le monstre en réalité.

« C'est une famille de phoques ! » s'écria-t-elle.

La voie fut bientôt dégagée, et Emily fila à travers la campagne.

Ce soir-là, Thomas et Emily s'arrêtèrent tous les deux pour regarder les phoques.

« Finalement, tu avais raison, Thomas, dit Emily. Tout compte fait, le Loch Noir est vraiment un trajet très agréable ! »

# • La gaffe de Percy •

**P**ercy, une petite locomotive verte, avait toujours été très efficace. Son travail favori était de transporter le courrier. Mais parfois, Percy avait tant de choses à faire qu'il finissait par prendre du retard.

Un soir, Percy arriva bien après l'heure prévue aux quais de Brendam.

« Tu es encore en retard, grommela le contrôleur des quais. Je vais devoir en parler à Sir Topham Hatt. »

Percy était triste.

Quand Percy rentra à la gare de Tidmouth, il entendit des voix provenant de l'autre côté des hangars. « Percy est arrivé en retard trop souvent cette semaine, disait Sir Topham Hatt. Demain, il devra aller au parc à ferrailles. »

« Sir Topham Hatt veut me mettre à la ferraille ! » haleta Percy.

« Sir Topham Hatt veut me mettre à la ferraille ! dit Percy. Et tout ça parce que je suis arrivé en retard !

— Sir Topham Hatt ne mettrait pas à la ferraille une locomotive vraiment utile, dit Thomas. Et tu es une locomotive vraiment utile, Percy. »

Percy se sentit mieux, jusqu'à ce qu'il voie l'heure. « Je vais être en retard ! » s'écria-t-il.

Percy démarra en trombe.

Ce jour-là, comme premier travail, il devait aller chercher des tuyaux aux quais de Brendam.

Aussitôt que Cranky fut chargé, Percy démarra, sans attendre que les tuyaux soient attachés. Quand il prit un virage serré, les tuyaux glissèrent et tombèrent sur la voie ferrée. Mais Percy poursuivit son chemin.

Percy, qui pensait avoir livré les tuyaux, repartit pour aller effectuer son deuxième travail. Il devait amener des wagons de goudron aux ouvriers qui réparaient les routes.

Percy roula à toute allure. Quand il aperçut Gordon, il était déjà trop tard. Le wagon-frein passa devant Gordon... mais pas les wagons de goudron !

« Oh, non ! se dit-il. Maintenant, c'est certain qu'on va me mettre à la ferraille ! » Alors il décida de s'enfuir.

Sir Topham Hatt arriva à bord de Thomas.

« Où est Percy ? demanda-t-il.

— Je ne sais pas, monsieur, répondit Gordon. Il est parti vraiment vite.

— Il vous a entendu dans les hangars, monsieur, intervint Thomas.
Il a cru que vous vouliez le mettre à la ferraille.

— Hum, je crois qu'il faut que j'aie une petite discussion avec Percy »,
dit Sir Topham Hatt.

Alors ils se mirent tous à la recherche de leur ami.

Thomas eut soudain une idée et il roula vers
la gare de Tidmouth le plus vite qu'il put.

« Percy ? appela Sir Topham Hatt. Tu es là ?

Et Sir Topham Hatt expliqua à Percy ce qu'il
avait voulu dire.

« J'ai dit à ton conducteur que si tu étais
en retard, c'est parce que tu avais travaillé trop
dur ces derniers temps. J'ai donc décidé qu'après
avoir transporté un peu de ferraille pour les fonderies,
tu transporterais du courrier toute la semaine. »

Percy se sentit tout à coup très heureux.

Percy transporta du courrier toute la semaine. Il fut à l'heure et ne commit pas une seule erreur, pas une seule !

Et il se jura que plus jamais il ne prêterait attention à des histoires insensées. Surtout pas à celles qu'il aurait lui-même inventées !